조지 할아버지의
6·25

바우솔 작은 어린이 47

조지 할아버지의 6·25
Korean War of George

1판 1쇄 | 2024년 6월 5일
1판 2쇄 | 2025년 2월 19일

글 | 이규희
그림 | 김수연

펴낸이 | 박현진
펴낸곳 | (주)풀과바람
주소 | 경기도 파주시 회동길 329(서패동, 파주출판도시)
전화 | (031) 955-9655~6
팩스 | (031) 955-9657
출판등록 | 2000년 4월 24일 제20-328호
블로그 | blog.naver.com/grassandwind
이메일 | grassandwind@hanmail.net

편집 | 이영란
디자인 | 박기준
마케팅 | 이승민

값 12,000원
ISBN 979-11-7147-066-2 73810

※ 잘못 만들어진 책은 구입처에서 바꾸어 드립니다.

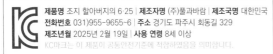

제품명 조지 할아버지의 6·25 | 제조자명 (주)풀과바람 | 제조국명 대한민국
전화번호 031)955-9655-6 | 주소 경기도 파주시 회동길 329
제조년월 2025년 2월 19일 | 사용 연령 8세 이상
KC마크는 이 제품이 공통안전기준에 적합하였음을 의미합니다.

⚠ 주의
어린이가 책 모서리에
다치지 않게 주의하세요.

조지 할아버지의 6·25

이규희 글 * 김수연 그림

바우솔

대한사람 대한으로
길이...하세

Great
stay tr
Ko

하느님이 보
우리나라

d protect
serve our
Hurray to

Thre
rivers
with

머리글

수많은 조지 할아버지께 감사를 드리며!

어느 날, 부산 유엔 기념 공원을 갔을 때였어요.

아름다운 공원처럼 꾸며진 그곳에는 6·25전쟁 때 우리를 돕기 위해 왔다가 안타깝게 목숨을 잃은 미국, 캐나다, 영국, 프랑스 등에서 온 유엔 참전 용사들이 묻혀 있었어요.

나는 안타까운 마음으로 묘비명에 적힌 이름을 한 사람, 한 사람 읽어 보았어요. 모두가 스무 살 안팎의 꽃다운 나이에 세

상을 떠난 분들이었죠.

'아, 남의 나라 전쟁에 뛰어들었다가 저렇게 젊은 나이에 돌아가셨다니!'

나는 가슴이 먹먹해졌어요.

누군가 놓고 간 시든 장미꽃 한 송이를 보자 더욱 마음이 아팠어요. 어쩌면 돌아가신 참전 용사의 가족이 왔다 갔는지도 모를 일이었지요.

그 순간 문득 언젠가 초등학교 강의했을 때가 떠올랐어요.

역사 동화 강의를 하다가 혹시 6·25전쟁이 언제 일어났는지, 누구와 싸웠는지 물었어요. 그러자 놀랍게도 일본과 있었던 전쟁, 조선 시대에 일어난 전쟁이라고 대답한 어린이가 몇몇 있었어요. 6·25전쟁이 무엇인지 자신 있게 손들고 이야기할 수 있는 어린이가 드물었죠.

'6·25전쟁을 모르다니!'

나는 속으로 깜짝 놀랐어요.

'어린이들에게 6·25전쟁에 대해 알려 주는 동화를 써야겠다.'

나는 집으로 돌아오며 속으로 다짐했어요.

그러고는 6·25전쟁으로 수많은 집이 폭격으로 무너지고 불에 타고, 사람들이 이리저리 보따리를 이고 지고 피난을 떠나고, 수많은 가족이 서로 헤어져 슬피 우는 모습이 담긴 사진들을 찾아보았어요.

그중에는 지프를 타고 전쟁터로 달려가며 환하게 웃고 있는 유엔 참전 용사들의 모습도 보였죠. 그분 중에는 더는 웃을 수 없는 분도 계시겠구나, 생각하니 눈시울이 뜨거워졌어요.

나는 《조지 할아버지의 6·25》를 통해 너무 늦었지만, 그분들을 위로하고 고마웠다는 마음을 전하고 싶었어요.

어린이들에게도 우리에게 자유를 찾아 주기 위해 얼마나 많은 유엔 참전 용사들이 힘겹게 전쟁을 치렀으며, 얼마나 많은 분이 다치고 죽어 갔는지도 알려 주고 싶었고요.

그분들의 희생에 감사드리며 이 책을 바칩니다.

이규희

차례

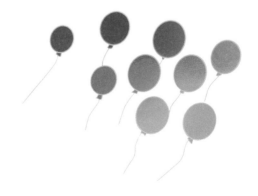

이상한 할아버지

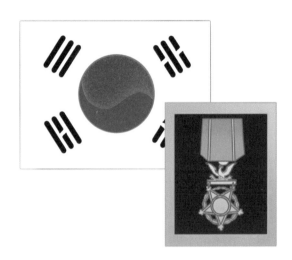

마이클의 집은 파란 호수와 공원이 훤히 내려다보이는 언덕 위에 우뚝 서 있었습니다.

'드디어 찰리를 만나는구나.'

영후가 마이클 집에 가는 건 순전히 찰리 때문이었습니다. 마이클이 종종 동영상으로 보여 준 찰리는 정말 근사했습니다. 골든레트리버 품종답게 아주 크고 늠름해 보였거든요.

"피터, 어서 와. 기다리고 있었어."

마이클은 영후의 영어 이름을 부르며 반겨 주었습니다.

"어서 오렴."

마이클의 엄마 아빠, 여동생 사라 그리고 할머니까지 나와

영후를 반갑게 맞아 주었습니다.

"참, 우리 증조할아버지한테 먼저 인사드리자."

마이클은 영후를 2층 어느 방으로 안내했습니다.

"할아버지, 제 친구 피터예요."

"오, 어서 오너라. 난, 조지 브라운이란다."

산타클로스처럼 수염이 하얀 할아버지 한 분이 안락의자에
앉아 영후를 반갑게 맞아 주었습니다. 다리가 불편하신지 안
락의자 옆에는 지팡이가 놓여 있었습니다. 그런데 무심코 방을
둘러보던 영후는 갑자기 눈이 휘둥그레졌습니다.

‘어, 저건 태극기잖아!’

뜻밖에도 벽에 성조기와 태극기가 나란히 걸려 있는 게 보였습니다. 그뿐만 아니라 태극무늬 종이부채, 갓, 도자기, 붓글씨, 동양화, 한복을 입은 인형 등 한국에 관한 물건들이 여기저기 놓여 있었습니다.

영후는 마치 한국 박물관에라도 온 기분이었습니다.

"허허, 놀랐느냐? 그동안 내가 틈틈이 모은 물건들이란다."

할아버지는 빙그레 웃으며 말했습니다.

"네?"

영후는 점점 더 어리둥절해졌습니다.

"피터, 우리 할아버진 한국에서 전쟁이 일어났을 때 군인으로 참전하셨단다. 저길 봐. 할아버지가 제일 아끼는 보물이야."

마이클은 손짓으로 벽에 걸린 액자를 가리켰습니다. 그 안에는 반짝이는 동그란 메달과 무공훈장들이 들어 있었습니다.

‘전쟁이라니? 한국에서 언제 전쟁이 일어났다는 거지?’

영후는 고개를 갸우뚱했습니다.

"하하, 피터, 이리 와 보련?"

조지 할아버지는 어리둥절해 있는 영후를 가까이 불렀습니다. 그러고는 서가에서 낡은 사진첩 하나를 꺼내어 보여 주었습니다.

"이건 모두 내가 70여 년 전 한국에 갔을 때 찍은 사진이란다. 어떠냐? 그땐 나도 영화배우처럼 잘생겼었지?"

할아버지는 낡은 흑백사진 속의 한 젊은 남자를 보여 주며 웃었습니다. 정말 건장하게 생긴 남자가 군복을 입은 채 동료 군인들과 환하게 웃는 모습이 보였습니다.

　　할아버지는 사진첩을 넘겨 영후 또래 아이들 사진도 보여 주
었습니다.

　　"우리 부대 근처에 살던 아이들이란다. 전쟁 통에 용케 살아
남았다면 지금은 모두 할아버지 할머니들이 되어 있을 테지."

　　할아버지는 옛날 생각이 난 듯 떨리는 목소리로 말했습니다.

　　영후도 다 쓰러져가는 초가집 앞에 서 있는 사진 속의 아이
들을 바라보았습니다. 촌스러운 바지저고리를 입은 남자아이
들과 하얀 저고리에다 깡총한 검정 치마를 입은 여자아이들이
뭐가 좋은지 해쭉 웃으며 서 있었습니다.

'이걸 왜 나한테 보여 주시는 거지? 지금 대한민국이 얼마나 잘사는지 모르시는 걸까?'

영후는 와락 기분이 나빠졌습니다. 게다가 지금 이런 케케묵은 사진 따위를 볼 때가 아니었습니다. 빨리 밖에 나가 찰리랑 놀고 싶은 마음만 굴뚝같았습니다.

"할아버지, 그, 그럼 저흰 나가서 놀게요."

영후는 얼른 인사했습니다.

"아이코, 내가 괜히 고리타분한 얘길 꺼냈구나. 그래, 어서 가서 재미있게 놀아라."

조지 할아버지는 그제야 영후와 마이클을 놓아주었습니다.

"피터, 할아버진 손님만 오면 늘 저렇게 사진을 보여 주셔. 나는 백 번도 더 봤는걸, 뭐. 무서운 전쟁터에서 살아 돌아온 게 아직도 기적처럼 여겨지시나 봐. 지금도 텔레비전에서 한국에 관한 뉴스가 나오면 눈을 뗄 줄 모르신다니까. 아무튼, 이제 됐어. 어서 뒷마당에 나가 찰리랑 놀자."

마이클은 영후의 기분을 풀어 주려는 듯 큰 소리로 말했습니다.

"와, 정말 근사하다!"

찰리는 생각했던 것보다 훨씬 크고 멋졌습니다. 황금빛 털에다 단단한 근육이며 멋들어지게 늘어진 귀까지 그야말로 사냥개다운 품위가 돋보였습니다. 천식을 앓는 영지 누나 때문에 손바닥만 한 강아지도 키우지 못하는 영후는 마이클이 마냥 부러웠습니다.

"찰리, 받아!"

영후는 공을 힘껏 던졌습니다. 찰리는 순식간에 잔디밭으로 달려가 공을 물어왔습니다. 영후는 찰리를 껴안고 뒹굴며 신나게 놀았습니다.

찰리랑 한바탕 놀고 난 영후는 마이클 식구들과 함께 맛있는 저녁을 먹었습니다. 조지 할아버지도 함께였습니다.

영후는 음식을 먹는 내내 자꾸만 조지 할아버지가 한국에서 일어난 전쟁에 나갔었다는 말이 귓가에 맴돌았습니다. 할아버지가 보여 준 낡은 사진들도 눈앞에서 아른거리고요.

영후는 어쩐지 마음이 무거웠습니다.

6·25전쟁이 뭐예요?

　며칠 뒤, 영후는 엄마 아빠 영지 누나와 함께 코코비치에 사는 할머니 할아버지를 찾아갔습니다. 그날이 왕할아버지 생신이었거든요.

　"아이고, 우리 영후 많이 컸구나."

　할머니는 영후를 꼭 끌어안았습니다. 영지 누나보다 일곱 살 아래 늦둥이로 태어난 영후를 할머니는 누구보다 귀여워해 주었습니다.

　"그래, 어서 오너라."

할아버지도 빙그레 웃으며 맞아 주었습니다.

로스앤젤레스에서 작은 세탁소를 하던 할아버지 할머니가 플로리다로 온 건 벌써 3년째였습니다. 변호사인 아빠가 플로리다 올랜도에 있는 법률회사에 취직이 되자 뒤따라온 것입니다. 물론 왕할아버지도 함께 오셨고요.

"그래, 우리 영후, 한글 공부는 잘하고 있느냐?"

왕할아버지가 넌지시 물었습니다.

"조, 조금씩 배우고 있어요. ㄱ은 가방, 가위, ㄴ은 나비, 노랑, ㄷ은 다리, 다람쥐. 참, 제 이름도 쓸 줄 아는걸요. 자, 보세요. '이영후' 잘 썼지요?"

영후는 삐뚤빼뚤 제 이름을 써 보이며 자랑스레 대답했습니다.

"허허, 열 살이나 되었는데도 여태 그 타령이구나. 그렇게 배워서 언제 제대로 된 글을 쓰겠냐"

왕할아버지는 혀를 끌끌 찼습니다. 이제 겨우 떠듬떠듬 한글을 읽고 쓰는 게 못마땅한 눈치였습니다.

　　"할아버님, 죄송해요. 영후가 빨리 한글을 깨치도록 도와줘
야 하는데 학교 공부하랴, 합창반에 가랴, 펜싱도 배우랴 영 정
신이 없네요."

　　엄마는 마치 엄마 잘못인 듯 어쩔 줄 몰랐습니다.

　　"아무리 그렇다 해도 제 나라 말과 글을 모르는 건 옳은 일
이 아니다. 어디에 살더라도 뿌리는 잊지 말아야지. 어흠!"

　　왕할아버지는 아흔이 넘은 연세에도 카랑카랑한 목소리로
말했습니다.

영후 때문에 집안 분위기가 갑자기 썰렁해지자, 눈치 빠른 할머니가 얼른 나서서 말했습니다.

"아이고, 어서 밥 먹자."

식탁에는 미역국에 빈대떡, 갈비, 잡채, 생선전이며 한식이 가득 차려져 있었습니다. 왕할아버지가 수저를 들자 모두 따라서 음식을 먹기 시작했습니다.

그렇게 온 식구가 맛있게 음식을 먹은 뒤 후식으로 케이크를 먹을 때였습니다. 영후는 문득 생각 난 듯 물었습니다.

"참 그런데 언제 한국에서 전쟁이 일어났어요? 제 친구 마이클의 할아버지가 한국에서 일어난 전쟁에 나가서 싸웠대요. 벽에 훈장이랑 메달이 걸려 있던걸요."

영후는 조지 할아버지 방에서 본 것들을 떠올리며 대수롭지 않게 말했습니다.

"오, 네 친구 할아버님이 6·25전쟁에 참가하셨다고? 그래, 어디 몸이 불편한 덴 없으시고?"

왕할아버지는 깜짝 놀라 물었습니다.

"다리가 아프신지 안락의자 옆에 지팡이가 있었어요."

영후는 여전히 심드렁하게 대답했습니다.

"모르긴 해도 전쟁 통에 다리를 다치셨을 거다. 하긴 목숨을 잃은 수많은 군인을 생각하면 살아서 고향으로 돌아온 것만도 다행이지만 말이다."

왕할아버지는 혀를 끌끌 차며 말했습니다.

"그러면 진짜로 총 쏘고 대포 쏘는 전쟁을 했던 거예요?"

영후는 깜짝 놀라 물었습니다.

"그렇단다. 나도 열아홉 살 나던 해에 전쟁이 터지자, 군인으로 나가 싸웠단다. 하지만 무작정 밀고 내려오는 북한군에 쫓겨 사흘 만에 서울을 빼앗기곤 낙동강까지 쫓겨 가고 말았지."

"북한군이라고요?"

영후는 더욱 눈이 휘둥그레졌습니다.

"그래, 안타깝게도 같은 한민족끼리 총부리를 겨눈 거야. 제2차 세계 대전에서 일본이 지자 우린 그토록 바라던 광복을 맞이했지만, 다시 미국의 지원을 받은 남한과 소련의 지원을 받은 북한이 서로 자기네 생각이 옳다며 티격태격하다가 전쟁을 벌이게 된 거지."

"그래서요, 할아버지?"

영후는 바짝 호기심이 생겨 물었습니다.

"다행히 여러 나라에서 우릴 도와주러 왔단다. 그들이 바로 유엔군이란다."

"아, 그래서 조지 할아버지가 한국으로 가신 거네요."

영후는 그제야 고개를 끄떡였습니다.

"그렇단다. 유엔군이 오자 우린 다시 힘을 내어 북한군을 쫓아 압록강까지 올라갔단다. 이제 곧 전쟁이 끝나겠구나 하며 잔뜩 들떠 있는데, 누가 알았겠느냐, 중공군(중국 공산당의 군대)들이 개미 떼처럼 밀고 내려올 줄이야. 미군을 비롯한 유엔군들도 수많은 중공군에 밀려 꼼짝없이 후퇴할 수밖에 없었지."

왕할아버지는 그때 일이 생각나는 듯 침통하게 말했습니다.

영후는 문득 조지 할아버지가 보여 준 사진첩 속의 군인들 모습도 떠올랐습니다.

'그중에는 죽은 분들도 있을 거야.'

영후는 갑자기 소름이 오싹 돋았습니다. 내 나라도 아닌 남의 나라 전쟁에 나갔다가 안타깝게 죽어간 사람들이 있다는 게 믿어지지 않았습니다.

그날 밤, 영후는 집에 돌아오자마자 책상 앞으로 달려가 컴퓨터를 켜곤 검색창에다 썼습니다.

'6·25전쟁.'

그러자 수많은 자료와 사진들이 쏟아져 나왔습니다. 영후는 잔뜩 긴장해 자료들을 읽기 시작했습니다.

폭격으로 부서진 집 앞에서 혼자 우는 아이, 무너진 한강 철교 위를 건너는 수많은 사람, 보따리를 이고 지고 갓난아이를 지게에 얹고 어디론가 떠나는 사람들도 보였습니다.

그뿐만 아니라 피를 흘린 채 쓰러진 군인들 모습도 보였습니다.

'아무리 서로 생각이 다르다 해도 같은 나라 사람들끼리 이렇게 무서운 전쟁을 벌였다니……'

영후는 무서운 전쟁 영화를 볼 때처럼 소름이 돋았습니다.

'이런 무서운 전쟁터에서 왕할아버지랑 조지 할아버지가 살아오셨다니! 나 같으면 다시는 한국을 떠올리기 싫을 텐데, 조지 할아버지는 방 안을 온통 한국 물건으로 치장해 놓을 만큼 한국이 왜 좋은 걸까?'

영후는 점점 더 조지 할아버지를 이해할 수 없었습니다.

조지 브라운 일병 이야기

부활절이 끝난 화창한 금요일 오후였습니다.

프린스턴 엘리멘터리 스쿨 3학년 아이들은 모두 강당에 모였습니다. 1년에 한두 번, 지역 내 유명한 분을 초청해 특별 강의를 듣는 날이었기 때문입니다.

그때, 군복 차림을 한 할아버지가 지팡이를 짚고는 강당 안으로 뚜벅뚜벅 들어오는 게 보였습니다.

"앗! 조, 조지 할아버지잖아!"

영후는 눈이 휘둥그레졌습니다.

"헤헤, 피터, 깜짝 놀랐지? 오늘 우리 할아버지가 특강을 하러 오신댔어."

마이클은 우쭐해서 말했습니다.

"여러분, 오늘은 아주 특별한 분을 모셨습니다. 바로 지금으로부터 70여 년 전인 1950년, 저 멀리 한국에서 일어난 6·25전쟁에 나가 자유를 지키기 위해 용감하게 싸운 조지 브라운 할아버지입니다. 우리 모두 박수로 환영해 드립시다!"

선생님이 우렁찬 목소리로 외쳤습니다.

아이들은 마구 손뼉을 쳤습니다.

"피터, 6·25전쟁이 뭐니? 넌 한국 사람이니까 잘 알겠지?"

중국에서 온 리안이 조그맣게 물었습니다.

"나도 자세히 몰라. 아주 오래전 한국에서 일어난 전쟁이래."

영후는 얼굴을 붉힌 채 대답했습니다. 컴퓨터에서 자료를 찾아보긴 했지만, 너무 어려워서 제대로 설명해 줄 수 없었습니다.

그때 조지 할아버지가 단상 위에 올라가 인사했습니다.

"여러분, 정말 반갑습니다. 내 인생에서 가장 중요하고 특별한 사건인 6·25전쟁에 관해 여러분에게 이야기해 줄 수 있어서 정말 기쁩니다. 그럼, 이제부터 나, 조지 브라운 일병이 겪었던 6·25전쟁에 관해 이야기해 볼까요?"

조지 할아버지는 천천히 말문을 열었습니다.

1950년, 겨울이건만 플로리다는 그 어느 때보다 따스하고 아름다웠습니다. 이제 막 스무 살이 된 조지 브라운은 두려운 마음으로 식구들과 작별 인사를 나누었습니다.

"조지, 부디 몸 건강히 잘 다녀오너라. 사랑한다, 내 아들!"

어머니는 아들을 꼭 껴안고 울먹였습니다.

"어머니, 부디 제 걱정은 말고 건강하세요."

조지 브라운은 간절하게 말했습니다. 아버지 없이 혼자 두 여동생을 키우며 힘겹게 살아갈 어머니가 더 걱정되었거든요.

"오빠, 보고 싶을 거야. 편지 자주 해야 해, 알았지?"

"부디 오빠를 지켜달라고 하느님께 기도할게."

여동생 레이첼과 수지도 눈물을 흘리며 손을 흔들었습니다.

조지 브라운은 가족들의 배웅을 받으며 차에 올랐습니다. 그러고는 한참을 달려 훠트 베닝 조지아 미 육군 신병 훈련소로 갔습니다.

날마다 고된 훈련을 하던 6월 중순 어느 날이었습니다.

"무슨 일이야?"

"한국에서 전쟁이 일어났다는군."

부대 안이 다른 때보다 술렁거렸습니다.

조지 브라운은 언젠가 내셔널 지오그래픽 잡지에서 본 한국에 관한 기사가 떠올랐습니다. 35년이라는 긴 세월 동안 일본의 지배를 받다가 독립한 한국의 궁궐, 절, 시장, 사람들, 거리 모습 등을 다룬 특집기사였습니다.

한국으로부터 들려오는 소식은 안타까운 이야기뿐이었습니다.

"전쟁이 일어난 지 겨우 사흘 만에 서울을 빼앗기고 군인들이

낙동강까지 쫓겨 갔다는군."

"다행히 더글러스 맥아더 장군이 부하들을 이끌고 인천으로 가서 다시 서울을 되찾고 압록강까지 쳐들어갔대. 하지만 그렇게 많은 중공군이 압록강을 넘어 남쪽으로 밀려올지 누가 짐작이나 했겠어."

"죽은 병사들이 한둘이 아니라는군."

"다 이긴 전쟁을 눈앞에서 놓치고 만 거야."

동료 군인들은 앉기만 하면 멀리 한국에서 일어난 전쟁 소식을 주고받았습니다.

'지옥이 따로 없겠구나.'

조지 브라운은 동료 군인들의 소식에 마음이 아팠습니다.

그러던 이듬해 1월, 조지 브라운은 뜻밖에도 같은 부대원들과 함께 한국으로 떠나라는 명령을 받았습니다.

"조지, 지금 한국으로 가는 건 죽으러 가는 거나 마찬가지야. 벌써 수많은 전사자와 부상병들이 고국으로 돌아오고 있다는데데……."

"그 무서운 전쟁터에 가야 한다니 안됐군."

다른 부대의 친구들은 혀를 끌끌 찼습니다.

'그래, 어쩌면 돌아오지 못할 수도 있겠구나.'

조지 브라운의 마음은 마냥 심란해졌습니다. 자신이 돌아오기만을 손꼽아 기다릴 어머니와 두 여동생을 떠올리자 더욱 그랬습니다.

그렇게 한국으로 온 조지 브라운 일행은 처음 한 달은 경기도 근처 한 부대에 있었습니다. 전쟁 중이었지만 근처에 마을이 있고, 아이들이 있어서 겉으로는 마냥 평온해 보였습니다.

하지만 그런 평화로움은 잠시뿐이었습니다.

조지 브라운은 곧 경기도 양평 근처 지평리에 있는 미군 제2 보병사단 23연대로 가야만 했습니다. 그야말로 총알이 빗발치는 전쟁터로 나간 것입니다.

"정신 바짝 차려야 해. 언제 중공군 놈들이 쳐들어올지 모르거든."

조지 브라운보다 며칠 일찍 온 해리 스미스 일병이 일러 주었습니다.

"지금 중공군들이 지평리에 있는 미군과 프랑스군을 물리친 뒤 남한강을 건너 저 남쪽까지 내려가려 한다는 정보가 들어와 있다. 지평리를 내주면 부산까지 내주게 된다! 우리는 무슨 일이 있어도 여길 지켜야 한다!"

연대장인 프리먼 대령이 큰 소리로 외쳤습니다.

부대원들은 길게 참호를 파고는 그 속에 숨어서 지냈습니다.

2월, 산속의 추위는 매서웠습니다. 가만히 있어도 이가 덜덜 떨리고 눈썹에 고드름이 매달렸습니다. 깡통에 든 쇠고기 절임이 꽁꽁 얼었지만 불을 피우면 적에게 들킬까 봐 하는 수 없이 언 채로 먹어야만 했습니다. 물통에 든 물까지 꽁꽁 얼어 목이 마른 병사들은 하얗게 쌓인 눈을 한 줌씩 먹어야만 했습니다.

따스한 플로리다에서 온 조지 브라운에게 이처럼 살을 에는 추위는 난생처음이었습니다.

"이거 중공군보다 추위가 더 무섭군."

조지 브라운은 덜덜 떨며 중얼거렸습니다.

"어이, 조지, 이럴 땐 사랑하는 사람을 생각하라고. 그럼 좀 나아질 테니."

옆에 있던 해리가 활짝 웃으며 여자 친구 사진을 보여 주었습니다.

"하하, 중공군이 쳐들어와도 그러고만 있을 텐가? 정신 바짝 차리라고!"

조지 브라운은 싱긋 웃으며 놀렸습니다.

부대원들은 이렇게 저마다 추위와 싸우며 참호 속에 웅크린 채 언제 나타날지 모르는 중공군을 기다렸습니다.

그렇게 며칠이 지났을 때였습니다.

"우린 지금 중공군들에게 포위당했다. 그들의 목적은 우릴 물리치고 다시 서울로 들어가는 것이다. 하지만 우린 끝까지 살아남아야 한다, 알겠는가!"

프리먼 대령이 큰 소리로 외쳤습니다.

"이제 정말 전투가 시작되겠구나."

"오, 하느님, 제발 우리를 보호하소서."

어떤 군인은 겁에 질려 십자 성호를 그었습니다. 두려움을 이기려는 듯 해리는 낮은 목소리로 흥얼흥얼 노래를 불렀습니다.

머나먼 저곳 스와니강물 그리워라

날 사랑하는 부모 형제 이 몸을 기다려

노래를 듣던 조지 브라운은 왈칵 눈시울이 뜨거워졌습니다. 고향 플로리다의 눈부시게 푸른 바다와 사랑하는 가족을 떠올리게 했거든요.

'어머니, 저를 지켜 주세요!'

조지 브라운은 안주머니 깊숙이 넣어둔 어머니의 사진을 꺼내어 꼭 껴안았습니다. 그렇게 긴장된 마음으로 한낮을 보내고, 온 사방이 캄캄해졌을 때였습니다.

"이게 무슨 소리지?"

옆에 있던 해리가 낮게 외쳤습니다.

조지 브라운도 귀를 곤두세웠습니다.

멀리서 두둥둥둥둥, 삐릴리, 웽웽, 딸랑딸랑 온갖 기분 나쁜 소리가 뒤섞여 들려왔습니다. 가만히 들어보니 뿔피리, 나팔, 종, 북, 꽹과리 등 온갖 악기들이 시끄럽게 울려대는 소리였습니다. 소리는 점점 더 커지더니 우레가 치듯 들려왔습니다. 귀가 먹먹하고 얼이 빠질 만큼 괴상한 소리였습니다.

그때 누군가가 큰 소리로 외쳤습니다.

"중공군이다! 중공군이 왔다!"

그제야 중공군들이 눈이 하얗게 쌓인 산등성이를 개미 떼처럼 내려오는 게 보였습니다. 그들은 마치 걸어 다니는 하얀 귀신처럼 보였습니다. 들키지 않으려고 군복 안쪽에 하얀 천을 대고 뒤집어 입은 거였습니다.

"사격 개시!"

연대장이 큰 소리로 명령을 내렸습니다. 조지 브라운은 참호 속에서 얼굴을 내민 채 그들을 향해 마구 기관총을 쏘았습니다.

"따다다다다!"

"쾅쾅, 쾅쾅!"

이쪽저쪽에서 총알이 날아가고 박격포가 정신없이 불을 뿜었습니다.

눈앞에서 하얀 귀신들이 하나둘 픽픽 쓰러지는 게 보였습니다. 그런데도 그들은 쉴 새 없이 밀려오고 또 밀려왔습니다.

양쪽 군인들은 산이 떠내려갈 듯 총과 포탄을 퍼부었습니다. 맞은편에 있던 프랑스 군대도 중공군을 향해 마구 불을 뿜었습니다.

정신없이 총을 퍼붓는 사이 어느 틈에 동쪽 하늘이 점점 밝아왔습니다. 그러자 줄기차게 밀려오던 중공군들이 무슨 일인지 서둘러 도망을 치기 시작했습니다. 낮에는 숨죽인 채 숨어 있다가 밤이 되면 다시 밤도깨비처럼 공격하려는 꿍꿍이였습니다.

그때였습니다. 조지 브라운은 문득 참호가 너무 조용하다는 걸 깨달았습니다. 쉴 새 없이 '스와니강'을 흥얼거리던 해리의 소리가 들리지 않았습니다.

"혹시?"

조지 브라운은 두려운 마음으로 해리 쪽을 바라보았습니다. 해리가 참호에 기댄 채 피를 흘리며 쓰러져 있는 게 보였습니다.

"해리, 해리!"

조지 브라운은 깜짝 놀라 해리 곁으로 달려갔습니다.

"……조, 조지……. 이, 이걸 같이, 무, 묻어 줘, 꼭…….."

가슴에 총을 맞은 해리는 여자 친구 사진을 손에 꼭 움켜쥔 채 떠듬떠듬 말했습니다. 그러다가 잠시 뒤 스르륵 고개를 떨어 뜨렸습니다. 손에 쥐었던 사진도 덩달아 스르륵 떨어졌습니다.

"오, 해리, 해리!"

조지 브라운은 해리를 얼싸안고 울부짖었습니다.

그날 전투에서 해리뿐 아니라 수많은 미군이 하얀 귀신들과

함께 죽어갔습니다.

"아, 이렇게 서로 죽고 죽이는 게 전쟁이라니."

조지 브라운은 어깨를 들썩이며 오래오래 울었습니다.

밤이 되자 중공군은 어제처럼 나팔, 꽹과리, 북, 뿔피리를 불어대며 또다시 공격해 왔습니다. 그러자 이번에는 프랑스군 쪽에서도 지지 않고 사이렌을 울려댔습니다.

당황한 중공군들은 저희끼리 이리 뛰고 저리 뛰다가 또다시 마구 공격을 퍼부었습니다. 그러다가 날이 밝자 지난밤처럼 산더미처럼 쌓인 하얀 귀신들을 남겨둔 채 허둥지둥 도망갔습니다.

간신히 살아남은 부대원들은 그제야 지친 몸을 참호에 기댄 채 늘어져 있었습니다.

그때 지난밤 전투에서 연대장 프리먼 대령이 다리를 크게 다쳤다는 놀라운 소식이 들려왔습니다.

"지휘자가 없으면 우린 어떻게 되는 걸까?"

부대원들은 불안한 마음에 어쩔 줄 몰랐습니다. 하지만 프리먼 대령은 부대원들을 모아놓고 큰 소리로 외쳤습니다.

"내가 너희를 이끌고 여기로 왔다. 나는 반드시 너희를 다 데리고 나갈 것이다! 이제 곧 우리를 구하러 지원군도 올 것이다. 그러니 제군들은 모두 힘을 내기 바란다!"

"와와! 와와!"

잔뜩 풀이 죽어 있던 부대원들은 모자를 던지며 환호성을 질렀습니다.

그날 밤 프리먼 대령은 약속대로 붕대를 감은 절름발이 모습으로 부대를 지휘했습니다. 부대원들의 사기는 그 어느 때보다 높아만 갔습니다.

마침내 사흘째가 되는 날이었습니다. 중공군은 곧 지원군이 온다는 걸 아는 듯 더욱 무섭게 공격을 퍼부었습니다. 조지 브라운은 다른 때처럼 참호 속에서 얼굴을 내민 채 마구 총을 쏘아댔습니다.

그때, 갑자기 고막이 찢어질 듯 요란한 소리를 내며 포탄 하나가 날아오는 게 보였습니다.

"으, 으악!"

조지 브라운은 비명을 지르며 그 자리에서 정신을 잃었습니다.

"얘들아, 그래, 이 할아버지 얘기 잘 들었니?"

조지 할아버지는 이야기를 멈춘 채 아이들을 바라보았습니다.

아이들은 미처 이야기 속에서 빠져나오지 못한 듯 숨죽여 할아버지를 바라보았습니다.

그때 앞자리에 앉은 제니퍼가 용기를 내어 물었습니다.

"할아버지, 그래서 어떻게 되었어요?"

"눈을 떠보니 헬기 속에 누워 있더구나. 우릴 구해 주러 온 군인들에게 발견되어 병원으로 옮겨졌지. 하지만 그땐 난 이미 날아온 포탄에 왼쪽 다리를 잃은 뒤였단다."

"네엣?"

아이들은 놀란 나머지 벌어진 입을 다물지 못했습니다.

영후도 눈을 둥그렇게 뜨곤 조지 할아버지를 바라보았습니다.

"하하하, 그렇게 놀랄 것 없다."

조지 할아버지는 빙그레 웃었습니다. 그러다간 다시 천천히 말을 이었습니다.

"하긴 사실 나도 처음엔 차라리 죽고만 싶었단다. 하지만 어느 날 문득, 그 무서운 전투에서 수많은 동료가 죽었는데 다리 하나 잃은 게 뭐 그리 대단한 일인가 하는 생각이 들더구나. 그래서 열심히 치료받고 보조 다리를 달았단다. 그리고 오늘까지 이렇게 잘 살고 있다.”

조지 할아버지는 아무렇지 않은 듯 말했습니다.

“할아버지, 그런데도 한국에 간 걸 후회하지 않으세요?”

제니퍼가 조심스레 물었습니다.

“그래, 나의 작은 노력으로 한국이 자유를 되찾았으니까. 하지만 한 가지 아쉬운 건 그 나라가 아직도 남쪽, 북쪽 둘로 나뉘어 있다는 거다. 하루빨리 휴전이 끝나고 남과 북이 하나가 된다면 더는 바랄 게 없는데……”

조지 할아버지는 씁쓸한 표정을 지었습니다.

‘한국인인 나보다 할아버지는 한국을 더 사랑하시네……’

영후는 자신이 부끄러워졌습니다.

애국가를 부르라고요?

동해물과 백두산이 마르고 닳도록
Donghaemulgwa Baekdusani mareugo daltorok…
Until the East Sea's waves are dry,
and Mt. Baekdusani worn away…

며칠 뒤 영후는 학교 합창단에서 필요한 악보와 음반을 사려고 아빠와 함께 쇼핑몰에 갔습니다.

그때였습니다. 뜻밖에도 저만치 앞에 조지 할아버지가 지팡이를 짚고 뚜벅뚜벅 걸어오는 게 보였습니다.

'어떡하지? 어디 숨을 데 없나?'

영후는 지난번에 조지 할아버지가 6·25전쟁에 관한 사진을 보여 줄 때 속으로 투덜거린 게 떠올라 부끄러웠습니다.

하지만 이미 때는 늦었습니다.

조지 할아버지가 먼저 영후를 먼저 알아보고 알은체했습
니다.

"오, 피터, 오랜만이구나. 그래, 여긴 어쩐 일이냐? 난 심심해
서 책이나 살까 하고 서점에 가는 길이다."

"아, 안녕하세요. 저는 합창단에서 필요한 악보를 사려고요.
참, 할아버지, 저희 아빠예요. 아빠, 이분이 조지 할아버지예
요."

영후는 이쪽저쪽을 번갈아 소개했습니다.

"말씀 많이 들었습니다. 정말 반갑습니다."

아빠는 공손하게 인사를 드렸습니다.

"아, 나도 반갑소. 피터가 우리 마이클이랑 단짝 친구라 그런
지 나도 더욱 정이 가는구려. 참 그런데 피터, 합창단원이라면
노래를 잘 부르는 모양이구나."

"잘 부르진 못해요."

영후는 점점 얼굴이 빨개졌습니다. 그러다가 문득 생각났다
는 듯 말을 꺼냈습니다.

"참, 할아버지, 지난번 학교에서 들려주신 말씀 잘 들었어요. 그런데 저희 왕할아버지도 6·25전쟁 때 군인으로 나가서 싸우셨대요."

"오, 그래? 그거참 반갑구나! 언제 할아버지 모시고 이야기를 나누고 싶구나. 내가 겪은 지평리 전투에 대해서도 생생히 들려드리고 말이다. 아, 물론 피터, 너의 할아버지 이야기도 들어야지, 암!"

조지 할아버지는 잔뜩 흥분한 얼굴로 말했습니다.

영후는 어쩐지 조지 할아버지가 점점 더 특별하게 여겨졌습니다.

어느 틈에 길고 긴 여름방학이 시작되었습니다.

그런데 영후가 합창단 캠프에 다녀와 쉬고 있을 때였습니다. 마이클이 자전거를 타고 영후네 집으로 달려왔습니다.

"피터, 우리 집에 좀 같이 갈래? 할아버지가 너한테 특별히 부탁할 일이 있대."

"나한테? 그게 뭔데?"

영후는 고개를 갸우뚱하고 물었습니다.

"그건 나도 몰라. 아무튼 아주 중요한 일인가 봐."

"알았어."

영후는 무슨 일일까, 궁금해하며 자전거를 타고 마이클과 나란히 달려갔습니다.

"피터, 와 줘서 고맙구나. 네가 합창단원이라고 했지? 그렇다면 내 부탁 좀 들어주련?"

조지 할아버지는 다짜고짜 물었습니다.

"무슨······?"

"음, 매년 우리 플로리다를 비롯해서 미국 여러 지역에서는

'리멤버(Remember) 7·27'이라는 행사를 열고 있단다. 말하자면 '기억하자, 7월 27일'이라는 행사지."

"그날이 무슨 날인데요?"

영후는 의아한 얼굴로 물었습니다.

"그날은 바로 6·25전쟁이 휴전된 날이란다. 남한과 북한이 휴전선을 그어놓고는 잠시 전쟁을 멈추자며 서로 총과 대포를 내려놓은 날이지."

조지 할아버지는 침통한 얼굴로 말했습니다.

영후는 도무지 무슨 말인지 알 수가 없었습니다.

조지 할아버지는 다시 설명해 주었습니다.

"그래서 미국에 사는 참전 용사들은 하루빨리 휴전이 끝나고 한국에 평화가 찾아오기를 바라며 '리멤버 7·27'이라는 걸 만들었단다. 그래서 말인데……. 피터, 난 네가 그 행사에 나와 애국가를 불러 주었으면 한다."

"네에?"

영후는 깜짝 놀랐습니다. 이제 겨우 한글을 떠듬떠듬 읽는 수준인데 애국가를 부르라니 놀랄 수밖에요.

"안 돼요. 제가 어떻게……."

영후는 얼굴이 빨개진 채 손을 내저었습니다.

"하하하, 그리 겁낼 거 없다."

조지 할아버지는 애국가 악보가 적힌 종이를 내밀었습니다.
한글 가사 밑에 영어 발음이 또박또박 적혀 있었습니다. 한국
인이든 미국인이든 누구나 한목소리로 부를 수 있게 해 놓은
악보였습니다.

애국가

동 해 물 과 백 두 산 이 마르고닳도   록

Donghaemulgwa Baekdusani mareugo daltorok…

Until the East Sea's waves are dry,
and Mt. Baekdusani worn away…

"피터, 그날 한국인인 네가 애국가를 부르면 더욱 뜻깊은 행사가 되지 않겠느냐? 그러니 부디 내 부탁을 들어다오. 참 미국 국가 '별이 빛나는 깃발(성조기)'은 우리 마이클이 부르기로 했단다. 너희처럼 어린 친구들도 7·27의 의미를 되새겨보자는 마음으로 말이다. 어떠냐?"

조지 할아버지는 간절한 눈빛으로 물었습니다.

"피터, 나랑 같이 부르자. 난 노래는 못하지만, 열심히 해 보려고."

마이클도 간절하게 말했습니다.

'왕할아버지가 알면 기뻐하시겠지? 좋아, 해 보는 거야.'

왕할아버지의 얼굴을 떠올린 영후는 주먹에 힘을 꼭 쥐고 대답했습니다.

"네, 제가 부를게요."

"잘 생각했다. 정말 고맙구나."

조지 할아버지는 금방 함박웃음을 지었습니다.

집에 돌아온 영후는 온 식구들 앞에서 자랑스레 그 소식을 말했습니다.

"뭐? 그런 모임이 있었단 말이야?"

엄마 아빠는 깜짝 놀라 한꺼번에 이것저것을 물었습니다.

"그렇대요. 여기 애국가 가사 밑에 영어 발음이 다 적혀 있어요."

"어디 봐."

영지 누나가 악보를 휙 빼앗아 들었습니다. 그러더니 눈을 흘기며 말했습니다.

"아무리 그래도 한국 사람인 네가 이걸 보고 불러야겠니? 안 되겠다. 오늘부터 이 누나가 특별 지도해 줄 테니 한글 가사를 보고 제대로 부르렴."

"그래, 영지 말이 옳다. 그렇게 귀중한 행사에서 어설픈 영어 발음으로 부르는 건 좀 우습지 않을까?"

엄마도 옆에서 거들었습니다.

"휴, 그렇지만 어떻게……."

행사가 열리는 날까진 겨우 3주 정도 남았는데 그때까지 한글로 애국가 가사를 모두 배우는 건 어림없는 일이었거든요.

"영후야, 아빠도 도와줄게. 그러니 열심히 연습해서 네가 한국인이라는 걸 자랑스럽게 보여 주렴."

아빠는 그 어느 때보다 힘주어 말했습니다.

"좋아요, 해 볼게요."

영후는 큰 소리로 대답했습니다.

그날부터 영후네 집은 난리가 났습니다. 그나마 다행인 건 4절까지 있는 애국가를 1절, 2절만 부르는 거였습니다. 그것도

영후에겐 벅찬 일이지만요.

엄마 아빠는 온 집안에다 애국가 가사를 써서 붙여놓았습니다. 방에도 식탁 옆에도 화장실에도 계단 옆에도 온 집안이 애국가 천지였습니다. 영지 누나는 날마다 영후를 피아노 앞에 세워놓고 노래 연습을 시켰습니다.

그렇게 연습하다 보니 영후는 애국가 가사가 조금씩 눈에 들어왔습니다. 어색하던 발음도 조금씩 나아졌고요.

"허허, 우리 영후 기특하기도 해라."

주말이면 왕할아버지와 힐미니, 할아버지까지 오셔서 영후를 격려해 주었습니다.

영후와 마이클

마침내 '리멤버 7·27' 행사가 열리는 날이었습니다.

영후는 진짜 성악가처럼 나비넥타이에 양복을 근사하게 차려입고 행사장 안으로 들어갔습니다. 물론 왕할아버지, 할머니, 할아버지, 엄마, 아빠, 영지 누나도 함께였습니다.

'Freedom Is Not Free(자유는 공짜가 아니다).'

제일 먼저 플래카드에 쓰인 글귀가 눈에 들어왔습니다. 여기

저기서 온 화환과 꽃바구니도 보였습니다.

"오, 피터, 어서 오렴. 정말 근사하구나!"

조지 할아버지는 빳빳하게 다린 군복을 입은 채 환하게 웃으며 손을 내밀었습니다. 배가 불룩하게 나오긴 했지만 그래도 군복을 입은 모습이 아주 멋져 보였습니다.

"참, 조지 할아버지, 저희 왕할아버지예요!"

영후는 자랑스레 왕할아버지를 소개했습니다.

"하하하, 정말 잘 오셨습니다. 그러잖아도 만나고 싶었습니다. 우린 같은 전쟁을 치른 전우니까요."

조지 할아버지는 왕할아버지를 덥석 끌어안았습니다.

"이런 모임이 있다는 말을 듣고 꼭 한번 와보고 싶었소."

그러고 보니 여기저기에 조지 할아버지처럼 군복을 차려입고 온 분들이 많았습니다. 모두 머리가 허옇고 주름살이 가득한 얼굴이었지만 군복을 입고 자랑스럽게 서 있었습니다. 그중에는 휠체어를 타고 온 할아버지도 보였습니다. 조지 할아버지처럼 목발을 짚은 할아버지도 보였고요.

놀랍게도 군복을 입은 할머니도 한 분 보였습니다.

"6·25전쟁에 공군으로 참전했던 캐시 할머니야. 할머니 남편
도 같은 공군이었는데 몇 년 전 돌아가셨어. 그래서 혼자 오신
거야."

마이클이 귓속말로 이야기해 주었습니다.

그 밖에도 수많은 한인회 사람이 참석했습니다. 아주머니

중에는 한복을 곱게 차려입은 분들도 보였습니다.

'아휴, 떨린다.'

그동안 식구들 도움으로 수없이 연습했지만, 영후는 행사장

을 가득 채운 사람들을 보자 저절로 가슴이 두근거렸습니다.

그때였습니다. 한 여자아이와 머리가 허연 할아버지 한 분이 행사장으로 들어서는 게 보였습니다.

"안녕! 어서 와. 내 이름은 영후란다."

영후는 행사에 온 그 아이가 또래 한국 아이처럼 보여서 다가가 말을 건넸습니다.

"아, 안녕. 내 이름은 꽃지야, 김꽃지."

꽃지는 수줍어하며 말했습니다. 양 갈래 머리를 한 꽃지는 웃는 게 아주 예뻤습니다.

"어떻게 여길 왔니? 너희 할아버지도 6·25전쟁에 참전했었어?"

"그, 그게……."

꽃지는 무슨 말을 하려다가 머뭇거렸습니다. 그러자 꽃지 할아버지가 꽃지 손을 잡곤 뚜벅뚜벅 맨 뒷자리 의자에 가서 앉았습니다. 다른 사람들 하곤 눈길조차 나누지 않고 말입니다.

'참 이상한 할아버지다.'

영후는 괜히 기분이 나빴습니다.

드디어 행사가 시작되자 사람들이 하나둘 자리에 앉았습니다.

영후는 마이클과 함께 앞자리에 앉았습니다.

'아휴, 어떡하지.'

영후는 가슴이 점점 더 쿵쾅거렸습니다.

드디어 식이 시작되자 사회자의 말에 따라 사람들은 양국 국기에 대한 경례를 붙였습니다. 그다음 순서에 따라 애국가를 부를 때였습니다.

"오늘은 아주 특별한 순서를 마련했습니다. 바로 우리처럼 6·25 참전 용사의 증손자인 이영후 군이 애국가를 부를 것입니다. 자, 영후 군, 어서 앞으로 나와 주세요."

영후는 후들후들 떨리는 걸음으로 앞으로 나갔습니다. 마음 같아서는 그대로 도망을 치고 싶을 뿐이었습니다.

'좋아, 해 보는 거야!'

영후는 배에 힘을 잔뜩 주곤 가볍게 주먹을 쥔 채 사람들을 바라보았습니다. 피아노 반주자와 지휘자가 영후를 보며 눈짓

했습니다. 마침내 영후는 떨리는 목소리로 애국가를 부르기 시작했습니다.

"동해물과 백두산이……"

영후의 목소리는 넓은 행사장 안으로 조심스럽게 퍼져나갔습니다.

잔뜩 주눅 들었던 목소리는 어느새 점점 우렁차게 울려 퍼졌습니다.

영후의 노랫소리에 맞춰 참석자들도 하나둘 애국가를 따라 불렀습니다. 그중에는 한글을 모르는 미국인들도, 한인 2세, 3세들도 많았습니다.

그때 꽃지와 할아버지가 맨 뒷자리에 앉아 입을 꾹 다물고 있는 게 보였습니다. 애국가를 2절까지 다 부르도록 입도 벙긋 않고 그 자리에 앉아 있을 뿐이었습니다.

마침내 애국가를 다 부른 영후는 공손히 배꼽인사를 했습니다. 그러사 식장이 떠내려갈 듯 우레와 같은 박수 소리가 들려왔습니다.

"영후야, 잘했어! 멋져."

영후가 자리에 앉자마자 영지 누나가 속삭였습니다.

"우리 아들, 최고!"

엄마 아빠도 기뻐하며 영후를 칭찬해 주었습니다. 왕할아버지도 자랑스럽다는 듯 엄지손가락을 세워 보였습니다.

곧이어 마이클이 앞에 나와 '별이 빛나는 깃발'을 불렀습니다. 사람들은 이번에도 힘차게 마이클을 따라 미국 국가를 불렀습니다.

영후도 큰 소리로 따라 부르다가 힐끗 뒷자리에 앉은 할아버지와 꽃지를 바라보았습니다. 이번에도 할아버지와 꽃지는 입을 꾹 다물고 있었습니다.

'도대체 왜 저러지?'

영후는 통 영문을 모르겠다는 듯 고개를 갸우뚱했습니다.

꽃지 할아버지의 눈물

마침내 1부 순서가 끝나고 2부 순서를 시작할 때였습니다. 사회자는 단상 앞에 놓인 태극기와 성조기 모양의 커다란 케이크를 보며 말했습니다.

"자, 여러분, 이제 케이크를 자르도록 하겠습니다."

그러자 조지 할아버지를 비롯해 몇몇 어른들이 앞으로 나왔습니다.

그때, 사회자가 꽃지 할아버지를 보며 말했습니다.

"아, 저기 처음 뵙는 할아버지가 오셨군요. 누구신지 소개 좀

해 주세요.”

그러자 꽃지 할아버지는 천천히 단상으로 나왔습니다.

영후는 어쩐지 불안한 마음으로 꽃지 할아버지를 바라보았습니다.

꽃지 할아버지는 마이크 앞에 서서는 천천히 사람들을 둘러보다가 무겁게 입을 열었습니다.

“……제 이름은 김영준입네다. 어느 날 우연히 플로리다 한인 신문에서 미군 참전 용사들이 ‘리멤버 7·27’ 행사를 연다기에 이렇게 찾아왔습네다. 저도 여러분들과 똑같은 전쟁을 겪었던 사람이기 때문입지요.”

“아, 그러십니까? 그럼, 어느 전선에서 싸우셨나요?”

사회자가 반가운 얼굴로 물었습니다.

“낙동강 전선의 다부동 전투입네다. 참으로 수많은 전우가 죽어간 치열한 전투였습지요.”

꽃지 할아버지의 말에 사람들은 웅성웅성 야단이었습니다.

한 한국인 할아버지가 반갑다는 듯 들뜬 소리로 외쳤습니다.

"정말 잘 오셨습니다! 저도 다부동 전투에서 간신히 살아나온 사람입니다. 밀려오는 북한군의 탱크와 전차에 맞서 죽기 살기로 낙동강 전선을 지켰지요. 그래, 어느 부대 소속이었소?"

꽃지 할아버지는 물끄러미 그 할아버지를 바라보다가 입을 열었습니다.

"난 북한 군인이었소."

"아니, 북, 북한 군인이었다고요? 아니, 그런 사람이 여, 여긴 어찌?"

그 할아버지는 너무 놀라 떠듬떠듬 말을 더듬었습니다.

"그렇소."

꽃지 할아버지의 짙은 눈썹이 꿈틀거렸습니다.

"도대체 뭐라는 게요?"

무슨 말인지 잘 알아듣지 못한 사람들은 고개를 갸우뚱하곤 할아버지를 바라보았습니다. 그러자 사회자가 통역해 주었습니다.

사람들은 그제야 깜짝 놀라 외쳤습니다.

"뭐, 뭐라고? 그, 그게 정말이오?"

사람들은 놀라 웅성거렸습니다.

영후도 깜짝 놀라 꽃지 할아버지를 바라보았습니다. 잠시 어안이 벙벙해 있던 사회자가 할아버지 곁으로 다가가 조심스레 물었습니다.

"그렇다면 할아버지가 6·25전쟁 때 북한 군인이셨단 말씀이지요? 그런데 어떻게 여기 미국엘 오시게 된 거지요?"

"3년 전 온 가족이 탈북한 거외다. 여기 있는 증손녀 꽃지까지 말이오. 우린 신의주에서 나룻배를 타고 압록강을 건너 중국 단둥으로 갔습네다. 그러고는 거기서 탈북자를 도와주는 목사님의 안내로 북경 미국 대사관으로 갔다가 여기 플로리다로 온 겁네다."

꽃지 할아버지는 무겁게 말을 마쳤습니다.

그때 나이 지긋한 한 미국인 아줌마가 벌떡 일어나 외쳤습니다.

"당신, 여기가 어딘 줄 알고 온 게요? 내 아버지는 겨우 스물셋의 젊은 나이로 당신들 손에 죽었단 말이오. 그동안 우리 엄마와 내가 얼마나 힘들고 어렵게 살았는지 알기나 해요?"

다른 할아버지도 벌떡 일어나 고함을 질렀습니다.

"우리 아버지도 내가 겨우 세 살 때 6·25전쟁에서 돌아가셨소! 시신조차 찾을 수가 없어서 간신히 집에 있는 유품으로 무덤을 만들었단 말이오! 당신이 우리 아버지를 향해 총을 쏘았는지도 모를 일이잖아요! 그런데 뻔뻔하게 여길 오다니!"

간신히 휠체어에 앉아 있던 미국 할아버지도 눈물을 글썽이며 말했습니다.

"난 당신들이 쏜 포탄에 팔다리를 다 잃고 평생 이런 불구의 몸으로 살고 있소. 지금도 밤이면 포탄이 터지는 악몽을 꾼단 말이오……"

물끄러미 그들의 말을 듣기만 하던 꽃지 할아버지가 천천히 입을 열었습니다.

"……당신네들 말이 다 옳습네다. 전쟁은 수많은 사람의 목숨을 빼앗아갔습지요. 하지만 어째서 남쪽 군인과 유엔군만 죽었다고 생각합네까? 당신들이 쏜 총이나 대포 때문에 우리 북쪽 군인들도 얼마나 많이 죽었는지 알간요? 유엔군과 국군이 그때 겨우 스물 안팎이던 우리를 어떻게 했습네까?"

꽃지 할아버지는 사람들을 쭉 둘러보며 물었습니다.

행사장은 물을 끼얹은 듯 조용해졌습니다.

사람들은 여전히 숨을 죽인 채 아무 말이 없었습니다.

꽃지 할아버지가 또다시 무겁게 말을 이었습니다.

"······난 아직도 그때 피를 흘리며 죽어가던 동료들의 눈빛을 잊을 수가 없습네. 지금도 밤마다 동무들이 살려 달라 외치던 악몽에 시달리고 있다면 믿겠소이까? 전쟁은 그렇게 우리 모두에게 상처를 입힌 거외다. 당신들이나 우리 모두에게······."

꽃지 할아버지는 주름진 얼굴 가득 굵은 눈물을 주르르 흘렸습니다. 그러고는 비틀걸음으로 행사장을 빠져나가려 했습니다.

"할아버지!"

뒷자리에 오도카니 앉아 있던 꽃지가 얼른 달려와 할아버지를 부축했습니다. 그때 조지 할아버지가 일어나 다급하게 외쳤습니다.

"잠깐, 가지 마시오! 당신 말대로 우리는 모두 같은 사람들입
니다. 아직도 끝나지 않은 6·25전쟁 때문에 젊은 날 모두 상처
를 입은 사람들이지요. 그러니 우리는 같은 전우인 겁니다. 큰
용기를 내어 이렇게 와 주셔서 정말 감사합니다."

조지 할아버지는 꽃지 할아버지 곁으로 다가가 손을 덥석
잡았습니다. 왕할아버지도 천천히 일어나 꽃지 할아버지 곁으
로 다가가 손을 꼭 잡고 말했습니다.

"나도 낙동강 전투에 참가했었다오. 바로 당신과 내가 서로
총부리를 겨눴던 겁니다. 우리 모두 그 몹쓸 전쟁으로 수많은

동료를 잃은 게요. 잘 오셨소, 정말 잘 오셨소."

"고맙습네다."

꽃지 할아버지도 할아버지들의 손을 덥석 잡았습니다.

영후는 그 모습을 보며 저절로 콧잔등이 실룩거렸습니다. 흘끗 보니 꽃지도 두 뺨이 발갛게 된 채 눈물을 참고 있는 게 보였습니다.

그때 조지 할아버지가 사람들을 보며 큰 소리로 외쳤습니다.

"자, 여러분, 여기 아주 특별한 손님이 오셨으니 다 함께 케이크를 자르도록 합시다. 저기 영후 증조할아버님도, 북한에서 오신 할아버지도 어서 나오십시오."

왕할아버지가 꽃지 할아버지 손을 이끌고 앞으로 나갔습니다. 그러고는 모두 다 둥그렇게 모여 서서 앞에 놓인 케이크를 잘랐습니다.

사람들이 마구 손뼉을 쳤습니다.

마침내 모든 행사가 끝나고 한인회에서 준비한 불고기, 잡
채, 빈대떡, 갈비 등 음식을 먹을 때였습니다.

"영후야, 저 아이 혼자 꿔다 놓은 보릿자루처럼 앉아 있잖니.
네가 가서 좀 챙겨 주렴."

엄마가 혼자 우두커니 앉아 있는 꽃지를 보며 눈짓으로 일
렀습니다.

영후는 못 이기는 척 일어나 꽃지 곁으로 다가갔습니다.

"이리 와서 나랑 같이 먹자. 어서."

영후는 꽃지의 손을 잡아끌었습니다. 꽃지는 그제야 음식이 차려진 테이블로 다가갔습니다. 그러고는 음식을 접시에 담아서는 영후를 따라 테이블에 앉았습니다.

저쪽에서 갈비를 뜯던 마이클이 이쪽으로 다가왔습니다.

"오, 피터, 벌써 이 아이랑 친구가 된 거니? 헤헤, 예쁘게 생겼다. 그렇지?"

"그, 그게 아니라……."

영후는 얼굴이 빨개진 채 어쩔 줄 몰랐습니다.

그때 꽃지가 마이클과 영후를 보며 수줍은 얼굴로 말했습니다.

"지금 여기 있는 우리처럼 남과 북이 하나가 되는 날이 올까? 그러면 얼마나 좋을까……. 나는 친구들이 너무 보고 싶어."

꽃지는 꿈꾸는 듯한 얼굴로 중얼거렸습니다.

슬픈 소식

여름방학이 끝나고 개학하자 아이들은 반가운 얼굴로 서로 인사를 나눴습니다. 그때 마이클이 싱글벙글 웃으며 달려와 외쳤습니다.

"피터, 피터, 나, 한국 간다!"

"뭐? 그게 무슨 소리니?"

영후는 소스라쳐 놀랐습니다.

"우리 할아버지가 한국 정부로부터 초청을 받으셨단다. 그런데 할아버지가 나도 데리고 가신댔어."

마이클은 잔뜩 으스대며 말했습니다.

"정말?"

"응. 내년 '현충일'에 한국을 위해 싸운 유엔군들과 그 후손들을 초대한다는 거야. 할아버진 한국이 참전 용사들을 잊지 않고 찾아 줘서 고맙다며 무척 기뻐하셨어. 내년에 가면 부산 유엔묘지에 묻혀 있는 해리라는 친구도 찾아보실 거래."

신바람이 난 마이클은 어깨를 우쭐하며 좋아했습니다.

'치, 난 아직 한 번도 한국에 가 본 적이 없는데.'

영후는 바짝 약이 올랐습니다.

사실 영후는 '리멤버 7·27' 행사가 끝난 뒤 한국어 공부도 더 열심히 했습니다. 한국에 관한 책도 더 많이 읽고요. 그러고는 언젠가 한국에 가고 싶다고 생각했었는데 뜻밖에도 마이클이 먼저 간다는 말에 괜히 힘이 쭉 빠졌습니다.

"엄마, 나도 한국에 가고 싶어요. 마이클은 조지 할아버지랑 같이 한국에 간대요. 한국 정부 초청으로요."

집에 돌아온 영후는 심통이 나서 투덜거렸습니다.

"그거 정말 잘됐구나. 전쟁으로 잿더미가 되었던 한국이 멋지게 변한 걸 보면 아마 깜짝 놀라실 거다."

엄마는 괜히 신바람이 나서 말했습니다.

"나도 가고 싶어요. 한국인이면서 자기 나라가 어떻게 생겼는지도 모르는 게 어디 있어요!"

"영후야, 그렇게 가고 싶어?"

엄마가 은근히 물었습니다.

"그럼요. 중국에서 온 리안이랑 일본에서 온 유키가 나보고 짝퉁 한국인이래요. 한국에 한 번도 가 보지 않고선 한국인 행세를 한다고요."

"호호, 알았다, 알았어. 내년 여름방학에는 꼭 보내줄게. 그럼 됐지?"

엄마가 생글생글 웃으며 말했습니다.

"엄마 정말이지요? 자, 약속!"

영후는 환해진 얼굴로 엄마와 새끼손가락을 걸었습니다.

그렇게 한 달쯤 지난 어느 날이었습니다.

"따르릉!"

전화벨이 울리자 영후는 무심코 전화를 받았습니다.

전화를 건 사람은 마이클이었습니다.

"피터, 놀라지 마. 우리, 하, 할아버지가 도, 돌아가셨어."

마이클은 잔뜩 쉰 목소리로 말했습니다.

"뭐어?"

영후는 그 자리에서 벌떡 일어나 외쳤습니다. 부엌에 있던 엄마도, 서재에서 책을 보던 아빠도 무슨 일인가 놀라 달려왔습니다.

"⋯⋯그, 그래, 마이클⋯⋯."

영후는 스르륵 전화기를 떨어뜨리고 말았습니다.

"왜 그래? 무슨 일이니?"

"조, 조지 할아버지가 심장마비로 쓰러지셨대요. 구급차가 와서 병원으로 모셔 갔지만 돌아가시고 말았대요."

영후는 힘없이 중얼거렸습니다.

"세상에, 그렇게 건강하시던 분이 어쩌다가!"

엄마는 놀란 얼굴로 어쩔 줄 몰랐습니다.

"그거참, 안타깝구나."

아빠도 한숨을 내쉬었습니다.

영후는 왕할아버지 손을 꼭 잡고 조지 할아버지의 장례 미사가 열리는 성당으로 들어섰습니다. 엄마 아빠도 그 뒤를 따라 들어왔습니다.

"피터, 어서 와. 할아버지가 기뻐하실 거야. 널 무척 좋아하셨거든."

마이클이 울어서 퉁퉁 부은 얼굴로 말했습니다.

"난 너희 할아버지한테 고맙다는 말도 못 했는데……."

영후는 마음이 너무 아팠습니다.

조지 할아버지는 온통 꽃으로 둘러싸인 관 속에 누워 있었습니다.

"할아버지……."

영후는 노란 장미꽃 한 송이를 관 앞에 바치며 울먹였습니다.

사진 속의 조지 할아버지는 마치 살아 있을 때처럼 인자한 얼굴이었습니다.

"잘 가시게, 전우여!"

왕할아버지도 침통한 표정으로 꽃을 바쳤습니다.

장례식장에는 6·25전쟁에 참전했던 할아버지들이 모두 군복을 입고 나온 게 보였습니다. 그분들은 모두 한 사람씩 조지 할아버지 관 앞으로 다가가 거수경례하며 슬퍼했습니다.

그때였습니다. 성당 문으로 꽃지가 할아버지와 함께 들어서는 게 보였습니다. 꽃지 할아버지도 하얀 장미 한 송이를 조지 할아버지 앞에 놓으며 깊숙이 고개를 숙였습니다.

"한인 신문을 보고 조지 할아버지가 돌아가신 걸 알았어. 그걸 보고 온 거야."

꽃지가 조그맣게 속삭였습니다.

마침내 장례 미사가 끝난 뒤 참가했던 사람들은 하나둘 자리를 떠났습니다. 가족들은 할아버지가 묻힐 묘지를 향해 떠났습니다.

'조지 할아버지, 안녕히 가세요!'

영후는 속으로 간절히 빌었습니다.

며칠 뒤 조지 할아버지 장례를 마치고 학교에 온 마이클은 울먹이며 말했습니다.

"피터, 할아버지가 남기신 걸 내가 갖기로 했어. 할아버지의 훈장, 메달, 그리고 할아버지가 그토록 아끼시던 한국 물건들도. 이젠 그 모든 것들이 내 보물이 된 거야."

"마이클, 너희 할아버진 정말 훌륭한 분이셨어."

영후도 눈물을 글썽이며 말했습니다.

"할아버지랑 한국엘 꼭 같이 가 보고 싶었는데……. 할아버지가 얼마나 손꼽아 기다리셨다고."

마이클은 못내 서운한 눈치였습니다.

"마이클, 나랑 같이 가면 되잖아. 서울에 우리 작은할아버지랑 이모, 외삼촌도 있는걸. 그래, 내년 여름방학에 같이 가자, 어때?"

영후는 눈을 반짝이며 말했습니다.

"정말? 그럼 이제부터 한국어 공부도 할래. 피터, 네가 좀 가르쳐 줘. 응?"

마이클은 그제야 얼굴이 환해졌습니다.

"헤헤, 그럼 나를 선생님이라고 불러야 해, 알았지?"

영후는 활짝 웃으며 으스댔습니다. 그러고는 정말로 시간이 날 때마다 마이클을 붙잡고 한글을 가르쳐 주었습니다.

그렇게 둘은 가을, 겨울이 가고 또다시 봄이 올 때까지 한국어 공부에 매달렸습니다.

풍선에 띄우는 편지

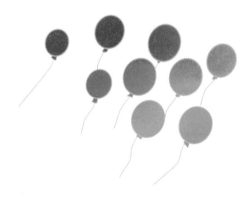

"아범아, 이번 여름에 영후를 서울 보내기로 했다지?"

토요일 오후 온 가족이 코코비치에 모여 저녁을 먹을 때였습니다.

할아버지가 넌지시 물었습니다.

"네, 하도 성화를 해서 한번 다녀오게 하려고요. 참 이번에 마이클도 같이 가기로 했습니다. 녀석들이 지금 잔뜩 기대에 부풀어 있답니다, 허허."

아빠는 너털웃음을 지으며 말했습니다.

"그나저나 아이들끼리만 보내도 되려나 모르겠어요. 물론 공

항으로 제 이모가 마중 나온다고는 했지만요.”

엄마는 걱정스레 말했습니다.

그때 할아버지가 불쑥 나섰습니다.

“아이들은 염려 말아라. 내가 데리고 다녀올 테니.”

“네에? 아, 아버님이요?”

“아니, 영감, 당신이 가려고요?”

엄마랑 할머니는 수저를 들다 말고 깜짝 놀라 물었습니다.

“그래. 나도 그동안 사느라 고국을 잊고 살았다만, 더 늦기 전에 한번 다녀오고 싶구나. 형제들도 만나보고.”

할아버지는 설레는 얼굴로 말했습니다. 그때 묵묵히 앉아 있던 왕할아버지가 무겁게 말을 꺼냈습니다.

“나도 몸이 건강하면 국립현충원에 있는 전우들에게 인사할 겸 꼭 한 번 가 보고 싶구나. 하지만 몸이 이러니 갈 수가 있나. 아범이 이번에 가면 나 대신 국립현충원에도 가고, 마이클 할아버지 대신 부산 유엔 기념 공원에 묻혀 있는 해리라는 분한테도 가 보기 바란다.”

왕할아버지는 넌지시 부탁했습니다.

"네, 아버님, 꼭 그렇게 하겠습니다."

할아버지는 힘주어 대답했습니다.

"우와, 신난다! 할아버지가 함께 가 주시면 저희는 최고지요, 최고! 마이클이 알면 뛸 듯이 기뻐할 거예요."

영후는 밥을 먹다 말고 거실로 뛰어나가 전화를 걸었습니다.

"피터, 그게 정말이니? 와, 잘됐다!"

아니나 다를까 마이클은 잔뜩 들뜬 목소리로 외쳤습니다.

그 순간 영후는 문득 꽃지가 떠올랐습니다.

'우리가 한국에 간다면 얼마나 부러워할까? 그런데 어느 학
교에 다니는지, 어디 사는지 물어보지도 않았잖아.'

영후는 꽃지의 연락처를 적어두지 않은 게 아쉬웠습니다.

'떠나기 전에 꼭 한 번 만났으면.'

영후는 자꾸만 꽃지 생각이 머리에서 떠나지 않았습니다.

이제 며칠 뒤면 영후가 한국으로 떠나는 날입니다.

"한국에 있는 친척들에게 줄 선물을 사러 가자."

일요일 오후, 아빠 엄마는 영후를 데리고 쇼핑몰로 갔습니다.

그런데 물건을 사서 차를 타고 집으로 돌아올 때였습니다.

"앗! 꽃지잖아!"

무심코 창밖을 바라보던 영후는 깜짝 놀랐습니다. 올랜도 한인교회 앞을 지나는데 갑자기 교회로 들어서는 꽃지가 보였습니다.

"아빠, 자, 잠깐만 차 좀 세워 주세요. 저기, 꽃지가 있어요!"

영후는 반가운 마음에 다급하게 외쳤습니다.

"그때 그 아이로구나."

아빠도 어느 틈에 꽃지를 본 모양이었습니다. 얼른 길옆 주차장에 차를 세워 주었습니다.

"꽃지야, 꽃지야!"

영후는 큰 소리로 부르며 달려갔습니다.

그러자 꽃지가 고개를 돌려 영후를 바라보았습니다.

"어머, 네가 어떻게 왔니?"

꽃지도 놀라는 얼굴로 물었습니다.

"지나가다가 널 봤어. 그러잖아도 너한테 할 말이 있었는데."

영후는 숨을 헉헉거리며 말했습니다.

"난 지금 예배를 드리러 가는 중이야. 그런데 넌 어딜 다녀오는 거니?"

"쇼핑몰. 그보다 나 낼모레 한국에 가. 난생처음 가 보는 거야. 이번에 마이클도 나랑 같이 가. 꽃지, 너도 같이 가면 좋을 텐데."

영후는 안타까운 얼굴로 말했습니다.

"정말 부럽다. 나도 북한에 있는 친구들이랑 친척들을 만나면 얼마나 좋을까……"

꽃지는 마냥 부러운 듯 말끝을 흐렸습니다.

그때였습니다. 무심코 한 아이가 들고 가는 알록달록한 풍선을 보던 영후는 갑자기 소리를 질렀습니다.

"아, 맞다! 꽃지야, 이러면 어떨까? 할아버지가 이번에 나랑 마이클을 데리고 판문점에도 가신댔어."

"판문점? 거기가 어딘데?"

"응, 거긴 북한이랑 제일 가까운 곳이래. 이번에 내가 거기 가서 너 대신 풍선 편지를 띄워 보내면 어떨까? 언젠가 뉴스에서 봤는데 남쪽 아이들이 풍선에 꽃씨를 매달아 보낸 편지가 북쪽 아이들한테까지 날아갔대!"

"그게 정말이니? 영후야, 그럼 잠깐만 이리 와 봐, 응?"

꽃지는 갑자기 눈을 반짝이더니 영후 손을 잡곤 교회 안으

로 뛰어 들어갔습니다.

"어, 꼬, 꽃지야!"

영후는 얼떨결에 손을 잡힌 채 꽃지를 따라갔습니다.

꽃지는 가방에서 공책을 꺼내서는 의자에 앉아 신의주에 있
는 친구들에게 편지를 쓰기 시작했습니다. 그러더니 공책을 쭉
찢어서는 간절하게 말했습니다.

"영후야, 친구들에게 나중에 꼭 다시 만나자고 썼어. 이걸 꼭
풍선에 매달아 북쪽으로 날려 보내 줘, 응?"

"그래, 알았어. 이걸 복사해서 여러 개의 풍선에다 넣어 날려

줄게. 마이클이랑 같이 말이야. 그럼, 그중에서 한 개라도 네 친구들에게 날아갈지 모르잖아.”

영후는 중요한 임무를 맡은 사람처럼 굳게 다짐했습니다.

“그래, 그래, 고마워!”

꽃지는 그 어느 때보다 환하게 웃었습니다.

영후는 꽃지의 간절한 바람이 담긴 편지를 소중하게 주머니에 넣었습니다.

“자, 이건 우리 집 전화번호하고 내 메일 주소야.”

꽃지는 얼른 연락처를 적어 주었습니다.

“그래, 안녕!”

영후는 손을 흔들며 인사했습니다.

마침내 영후는 온 가족의 배웅을 받으며 할아버지와 마이클과 함께 서울로 가는 비행기에 올랐습니다.

“피터, 자꾸만 할아버지 생각이 나. 어제 할아버지 묘에 가서 인사를 드리고 왔어. 그리고 할아버지 대신에 해리 할아버지를 잘 만나고 오겠다고 했어.”

“아마 조지 할아버지도 기뻐하실 거야.”

영후도 조지 할아버지를 떠올리며 말했습니다.

그러고는 가방 속에 든 꽃지의 편지들과 풍선도 떠올렸습니다. 아직 마이클한테는 말 안 했지만 둘이 풍선 편지들을 날려 보낼 걸 생각하자 저절로 마음이 설렜습니다.

‘다음에는 풍선 편지가 아닌 진짜 편지를 가지고 꽃지와 함께 북쪽 아이들을 만나러 가면 얼마나 좋을까?’

영후는 상상만으로도 자꾸만 입이 벌쭉 벌어졌습니다.

“근데 너 아까부터 왜 자꾸 실실 웃니?”

마이클이 이상하다는 듯 물었습니다.

“헤헤, 나중에 다 말해 줄게.”

영후는 대답 대신 여전히 실실 웃기만 했습니다.

어느 틈에 비행기는 하얀 구름 꽃이 핀 먼 하늘 위로 힘차게 날아갔습니다.